JN136805

ティンガティンガ・アートでたのしむアフリカのむかしばなし

2 こわいはなし

# シャターニに育てられたむすめ

しまおかゆみこ 編・再話／チャリンダ 絵

かもがわ出版

アフリカ大陸の地図

◉ティンガティンガ・アートとは◉

1968年に、タンザニアの
エドワード・サイディ・ティンガ
ティンガさんが　はじめた、
絵のかきかた。
6色のペンキをつかって、
したがきをしないで、
タンザニアのしぜんやどうぶつ、
人びとのせいかつ　などを、
のびのびと　えがくのが
とくちょうです。

# もくじ

どろから生まれた　どろんこむすめ
タンザニア本土　マクワの人たちのおはなし　5
歌うシャターニ
タンザニア本土　ナカパニャ村のおはなし　21
シャターニに育てられたむすめ
ザンジバル　ペンバ島のおはなし　39
こわいはなし　解説　78

これは、アフリカの　タンザニアという国の
むかしばなしです。
　タンザニアのむかしばなしは、
「パウカー（はじめるよ）」、
「パカワー（はーい）」で　はじまり、
「今日のはなしは、これで　おしまい。
ほしけりゃ　もってきな。
いらなきゃ　海にすてとくれ」
で　おわります。
　さあ、それでは、今日のおはなしを　はじめましょう。
「パウカー」「パカワー」

# どろから生まれた　どろんこむすめ

## タンザニア本土　マクワの人たちのおはなし

ハポ　ザマニザカレ（むかしむかし、あるところに）
ワリカという　女が　おりました。
　ワリカは、なかなか子どもが　できなかったので、
じゅじゅつしのところに、子どもをさずかる　くすりを
もらいにいきました。
　じゅじゅつしは、どうぶつのクソやら、かわやら、
木のみやら、ねっこやらで作った　くすりをわたすと、
ワリカにいいました。
「これから一年間、うんと遠いところにいって、
木のねっこの上に　すわっていなさい。そして、毎日

このくすりをのむのです」

ワリカは、じゅじゅつしから　いわれたとおりにしました。

丸一年たった日のことです。ワリカが、うんと遠くにいって　ねっこの上に　すわっていると、とつぜんねっこが　ずずんずずんと　もり上がってきました。

そして、ずぼっと　ぬけると、こんどは　ふわりとうき上がりました。

＊じゅじゅつし……まほうつかい。草木でくすりをつくったり、雨ごい、のろいなどをしたりする人。

MGANGA
WA KIENYEJI MINDU
BY. CHARINDA

「トゥメ〜！（キャ〜！）」

ワリカをのせた　ねっこは、ぐんぐんぐんぐん　上にいき、雲をこえ、空をこえて　とびつづけ、とうとう天国まで　いってしまいました。

天国では、てんしが　やさしく　ワリカをむかえてくれました。

そして、そこには　たくさんの　あかんぼうがいて、

「すきなあかんぼうを　おえらびなさい」

と、いってくれたのです。

ワリカは、
よろこんで
ひとりのあかんぼうを
えらぶと、きたときと
同(おな)じように、木(き)の
ねっこに　すわって、
あかんぼうと
いっしょに
村(むら)に帰(かえ)りました。

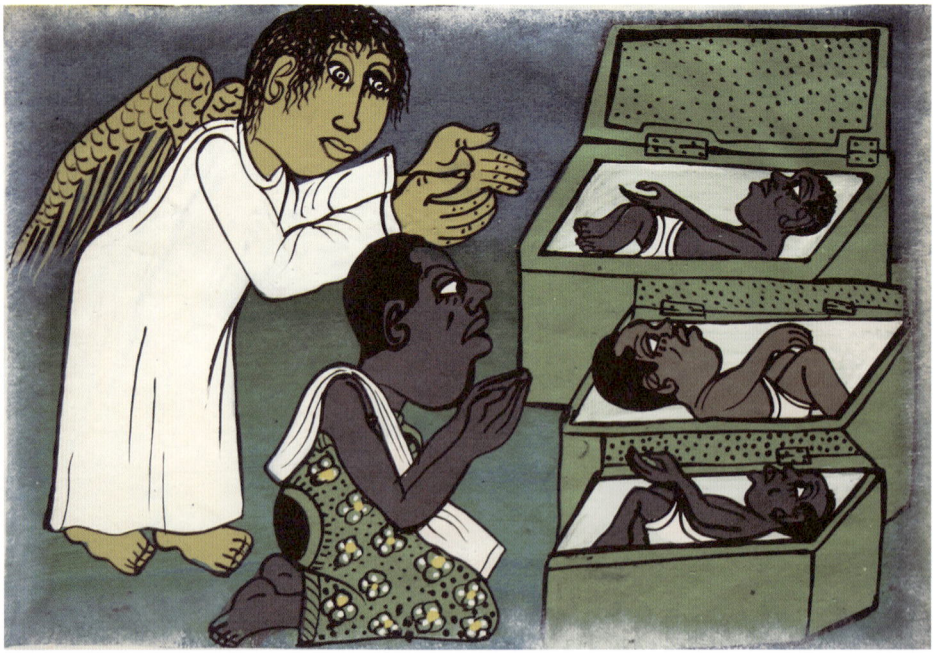

ぴったり一年たって、
あかんぼうと
いっしょに
帰ってきたワリカを、
村人たちは
あたたかく
むかえてくれました。

ワリカは、村人たちにむかって　こういいました。
「この子を　ぬれさせないように　してください。
この子は雨にぬれると、どろになってしまうので、
どうか　みんなで　まもってください」
なんと、このあかんぼうは、どろで　できていたのです。
どろからうまれたあかんぼうは、「どろんこ」と名づけられました。

どろんこは、すくすくと育ち、友だちもたくさん
できました。
ある日、子どもたちは、どろんこの母さん、ワリカに
むかって　こういいました。
「どろんこちゃんといっしょに、森へあそびにいかせて
ちょうだい」
ワリカは、いかせたくなかったのですが、
子どもたちが　あんまり　たのむので、つい、
「いいよ」
と、いってしまいました。

そして、

「いってもいいけれど、どろんこが雨にぬれないように気をつけてやってね」

と、子どもたちにいいました。

どろんこと子どもたちは、大よろこびで、森へあそびにでかけました。

ワリカは、どろんこのことがしんぱいで、ずっと外に出たまま、空を見上げていました。

すると、どろんこたちがむかった　森のほうに、
まっ黒な雨雲が　広がっていったのです。
ワリカは、頭をかかえて、歌いました。

トゥメ〜！
どろんこ、どろんこ、わたしのむすめ
雨雲だよ、雨雲だよ、早く早く　帰っておいで
雨がふらないうちに
チュラチュラウェー、チュラチュラウェ♪

すると、森のほうから　どろんこの声が聞こえました。

「母さん、母さん、チュラチュラウェ

どろんこは　ここよ、チュラチュラウェ

いますぐ　帰るわ、チュラチュラウェ」

どろんこは、友だちと手をつないで、思いきり

走りました。

でも、ボタッ、ボタッ、ボタボタボタッと、とうとう

大つぶの雨がふりだしました。

どろんこは、雨にぬれたとたんに　くずれはじめて、うでが　ずぼっと　ぬけおちてしまったものだから、子どもたちはびっくり。

「トゥメ〜！　どろんこの　うでが〜！」

その声をきいて、ワリカやおとなたちは、どろんこをたすけようと　走りました。

でも、雨が　どんどんひどくなって、みんなが子どもたちのところに　たどりついたときには、どろんこは、くずれくずれて、どろどろのどろになっていました。

それで、マクワの人たちは、「あかんぼうは、神さまからの　さずかりものだ」ということに気がついて、子どもが　生まれても　生まれなくても、神さまにかんしゃしながら　生きていくようになったのです。

今日のはなしは、
これで　おしまい。
ほしけりゃ　もってきな。
いらなきゃ　海にすてとくれ。

# 歌(うた)うシャターニ

## タンザニア本土(ほんど)　ナカパニャ村(むら)のおはなし

ハポ　ザマニザカレ（むかしむかし、あるところに）
シモンジャという　おてんばむすめが　おりました。
シモンジャは、いつも父さんから、
「森にはシャターニがいるから、入ってはいけないよ」
と、いわれていたのに、
「シャターニなんて　いるわけない」
と、思っていました。
ある日、シモンジャは、ひとりで　森に入っていきました。
そして、そのまま　家に帰ってこなかったのです。

CHARINDA

父さんは、家に帰ってこないむすめを　しんぱいして、
シャターニの森に　さがしにいきました。

＊シャターニ……ようかい。こわいあくまであったり、ときには、まもってくれたりもする
そんざい。

## ウサギにじゅもんをかけるシャターニ

父さんが、森に入っていくと、
シャターニが　ウサギと
いっしょにいました。
よく見ると、シャターニは、ウサギの耳をひっぱって、

ウサギに　じゅもんをかけていました。
「ムニャムニャムニャ、ウサギよ　ウサギ、おまえは
だれよりもかしこく、すばしこい。
おまえこそが　どうぶつの王さまにふさわしい。
ライオンだって、おまえのちえにかかったら、いちころ
じゃ。いますぐ　ライオンをしとめて、かわをはいで
もってこい。そうしたら、おまえを　どうぶつの王さま
にしてやろう」
　じゅもんをかけられたウサギは、その気になって、
ぴょんぴょん、ライオンをさがしに　いきました。

Uini) by. CHIRINDA

シモンジャの父さんは、

「おお、こわい、こわい。とうぶん　ウサギには近づかないでおこう」

と、いって、先をいそぎました。

## サルにばけたシャターニ

しばらくいくと、サルにばけた　シャターニが

カラスと　いっしょにいました。

カラスが、なきながら　サルにいっていました。

「くやしい、くやしい。
ゾウは、わたしが　小さなカラスだと思って、ばかにするのです。
わたしに　ゾウを　もち上げるだけの　力があったら、ゾウを　遠い遠い　キリマンジャロ山のむこうにすててきてしまうのに」

サルのシャターニは、なにやら　じゅもんをとなえながら、カラスの羽に　水をふりかけました。

すると、カラスは、
体のおくから
むくむくと力がわいて
きました。
そして、大きな
ゾウをもち上げると、
キリマンジャロ山の
むこうに
つれていって
しまいました。

シモンジャの父さんは、
「おお、こわい、こわい。
サルにも　カラスにも
近づかないで　おこう」
と、いって、先を
いそぎました。

## 歌うシャターニ

シモンジャの父さんが、さらに森のおくに入って
いくと、遠くから、なんだか　とってもたのしそうな
歌が　聞こえてきました。

シャターニ、シャターニ、ランララーン
シャターニと歌おう、ランララーン
みんなで歌うと　たのしいぞ
みんなで歌うから、たのしいんだ♪

シャターニ、シャターニ、ランララーン
シャターニと歌おう、ランララーン
シャターニの森に　おいで
歌って、歌って、歌って～　しぬまで　歌おうぜ♪

それは、だれもが歌いたくなって、おどりたくなって
むずむずするような歌声でしたが、シモンジャの
父さんは、ぐっと　がまんしました。
だって、父さんには、すぐにわかったのです。
それこそが、歌うシャターニだということが。

父さんは、その歌声の中に、シモンジャの声が
まじっているのを聞きつけると、大いそぎで走って
いきました。
そして、歌うシャターニのすがたを見つけると、
ぞっとしました。
なんと、このシャターニには、いくつもの人の頭が
ついていて、みんなで歌っていたのです。
シモンジャは、シャターニがもつ　かごの中に
入れられていました。

CHARINDA

シャターニに食われたら、もうさいご。
シモンジャも、ほかの人たちと　同じように、
シャターニの体の　いちぶになってしまいます。

父さんは、うしろから　そーっと　歌うシャターニに
近づくと、しっぽを　バサッと切りました。
すると、シャターニは、へろへろへろっとしぼんで、
きえてなくなってしまいました。

父さんは、シモンジャをかごから出して、家につれて帰りました。

おてんばシモンジャも、よほど　こりたのでしょう。

その日から、シャターニの森には、一歩も入らなかったそうです。

今日のはなしは、これで　おしまい。

ほしけりゃ　もってきな。

いらなきゃ　海にすてとくれ。

CHARLOD

# シャターニに育(そだ)てられたむすめ

## ザンジバル　ペンバ島(とう)のおはなし

## さらわれたあかんぼう

ハポ　ザマニザカレ（むかしむかし）

ペンバという島に、うみ月（あかちゃんがうまれる月）に入った女が　おりました。

ペンバ島には　むかしから、うみ月になった女は、森に入ってはいけないという　いいつたえがありました。

それなのに、その女は、めしたきにつかう　たきぎがなくなったので、森に入ってしまったのです。

＊ペンバ島……ザンジバルは、ウングジャ本島とペンバ島という二つの島でなりたっています。タンザニアは、ザンジバルとタンガニーカ（本土）による連合共和国です。

CHARINDA

女は、たきぎをひろおうと　かがんだひょうしに、おなかがいたくなって、森であかんぼうを　うんでしまいました。

女はあかんぼうをうむと、つかれきってしまって、あかんぼうをだいたまま、ねむってしまいました。

しばらくして、女が目をさますと、うでの中にいたはずの　あかんぼうがいません。

女は、

「ムトト　ワングー、ムトト　ワングー

（わたしのあかちゃん、あかちゃーん）」

と、なきながら　あかんぼうを　さがしまわりました。けれども、見つけることは　できませんでした。

女は、とぼとぼ歩いて　家に帰ると、夫に、森であかんぼうをうんだこと、ねむっているあいだにいなくなってしまったことを　つたえました。

夫が、

「おまえがうみ月なのに、森に入るから、こんなことになったんだ。あかんぼうは、森のシャターニにさらわれて、もう　食われてしまっただろうよ」

と、いったので、女は、目がとけるほど　なきました。

あんまり　女が
なきつづけるので、
夫は、
「かわいそうな
あかんぼうに
ビホラレという
名前をつけて
いのってやろう」
と、すこし　やさしく
いいました。

そんなわけで、ビホラレは、しんでしまったと思われていました。

## あかんぼうをだくシャターニ

それから三か月ほどたった　ある日、牛かいの兄弟が、牛をつれて歩いていると、森のおくから　あかんぼうのなき声が聞こえました。

「兄ちゃん、いま、あかんぼうの声がしなかった？」

「おまえも聞こえたか。おれにも　はっきり聞こえたよ」

弟が、
「ねえ、三か月まえに　この森でいなくなったっていう、あかんぼうじゃない？」
と、いいました。
兄は「そんなばかな」とはいったものの、やっぱり気になって、声がするほうに　歩いていきました。
すると、大きなマンゴーの木の上で、シャターニが、あかんぼうに　おっぱいをやっていました。
シャターニは、色がまっ白で、まっかな長いかみを

たらし、口からは、大きな長いはが　二本つき出て
いました。
顔には　大きな目が　ひとつだけで、まぶたは
左右に　あいたりとじたり　していました。
そうかと思うと、牛の顔に
なったり、ロバの顔に
なったりしました。

CHARINDA

あまりのおそろしさに、弟がひめいをあげそうになったのを、兄が口をおさえてとめると、二人はいちもくさんで　村に　にげ帰りました。

## こおりになった男たち

村の男たちは、牛かいの兄弟から　はなしをきくと、

「そのあかんぼうは、シャターニに　さらわれたビホラレにちがいない」

と、いって、すぐに、弓矢や、大きな刀、かま、なわなどを手に、森にむかいました。

男たちが森に入っていくと、シャターニが、大きなマンゴーの木の上で、あかんぼうを　あやしていました。

男たちは、牛かいの兄弟から、そのすがたのことを聞いていたので、かろうじて、だれも　ひめいをあげませんでした。

村一番のゆうきある男が、一番高いヤシの木にのぼって、シャターニをにらみつけた、そのときです。

ゆうきある男は、木のてっぺんで、かちんこちんにこおってしまいました。

CHARINDA

下にいた男がびっくりして、
「おい、だいじょうぶか」
と、声をかけると、そのしゅんかんに、その男もかちんこちんに　こおってしまいました。

今度は、そのとなりにいた男がびっくりして、
「おい、だいじょうぶか」
と、声をかけると、そのしゅんかんに、その男もかちんこちんに　こおってしまいました。

つぎの男も、またそのつぎの男も　こおりつき、
とうとう　村の男たちは、みんな　かちんこちんに
こおってしまいました。

村では、女たちが、男たちの帰りをまっていましたが、
夜になっても、だれも帰ってきません。
つぎの日の朝になっても、だれひとり帰ってきません。

しんぱいになった女たちは、みんなで　おいおい
なきました。

CHRINDA

でも、ないていても　しかたありません。
村に、うみ月の女だけを残して、女たちみんなで、男たちをさがすため、森に入っていきました。

大きなマンゴーの木のところにくると、女たちは、
「トゥメー！」
とひめいをあげました。
村の男たちが、みんな　かちんこちんにこおりついているのを見つけたからです。

女たちは、てっきり　男たちがしんだと思って、
かなきり声を上げながら、それぞれの夫にしがみついて
なきました。
「あんた〜、あんた〜、どうか　しないでおくれ」
「おまえさん、おまえさ〜ん、いきをしておくれ」
「あんた〜、あんた〜、どうか　生きかえっておくれ」
　すると、女たちの　あついなみだで、かちんこちんに
こおっていた男たちの体が　みるみる　とけていくでは
ありませんか。

CHARINDA

男たちは、うごけるようになると、おそろしい
シャターニのことを思い出して　ふるえあがり、
大あわてで　森から　にげていきました。
男たちがにげたので、女たちは　わけもわからない
まま、あわてて男たちを　おいかけていきました。

みんなが村に帰ると、村長がいいました。
「おまえたちが見たのは、たしかに　シャターニと
ビホラレじゃ。だが、ビホラレは、シャターニにつれて
いかれたのなら、わしら人間には、どうしようもない。

これからは　ビホラレを見ても、村に　つれもどそうとしてはならぬ。もう、ビホラレのことは　あきらめるのじゃ」

村人たちは、しぬほどこわい目にあったばかりだったので、村長にさからうものは

ひとりもなく、それからは、森の中で　ビホラレの　なき声やわらい声を聞いても、けっしてさがそうとはしませんでした。

そして、十か月もすると、ビホラレの声は、ぴたりと聞こえなくなってしまいました。

村人たちは、ビホラレも、とうとう　シャターニに食われてしまったかと　うわさしましたが、いつしかわすれていきました。

## 森の中のむすめ

それから　十七年たったある日、村の男が、森の中で、こしをぬかして　しまいました。

うつくしいむすめが、
大(おお)きなヘビに
まきつかれて、
ひめいをあげていたの
です。

むすめは、なんとか　ヘビからにげたと思ったら、こんどは、ワニにおそわれました。

男は　てっきり　むすめがワニに食われたと思い、ぎゅっと目をつぶりました。

男が、おそるおそる目をあけてみると、もっとおそろしいものが、目にとびこんできました。

ワニのせなかに　またがったむすめが、川に　手を
つっこむと、むすめのうでが、するすると　どこまでも
のびて、りょう手で魚を　わしづかみにしたのです。
魚をつかんだむすめの長いうでは、今度は、するする
ちぢんで　もとの長さにもどりました。

男は、そんな　ばかなことが　あるわけがない、
自分の見まちがいだと思って、もういちど、目をこらし、
むすめのようすを見ました。

SHARINDA

でも、やっぱり同じで、むすめのうでは、のびたりちぢんだり　していました。

そして、むすめは、きしに上がると、いま　とったばかりの魚を、生のまま、頭から　ばりばりと　食べはじめました。

このむすめこそが、十七年前、シャターニにだかれていた　あかんぼうのビホラレでした。

そうです。ビホラレは生きていたのです。

ビホラレは、あかんぼう時代をシャターニとすごすと、
それからは、森のどうぶつたちと　くらしていました。
ビホラレは、どうぶつのことばが　はなせたので、
どうぶつは
みんな
ビホラレの
友だちでした。

男からは、むすめが大きなヘビに　まきつかれているように　見えたときも、ビホラレは、ヘビと　たのしくあそんでいたのでした。

ヘビと　あそびあきたビホラレは、川に入って、ワニとあそび、魚をとって食べたのです。

もちろん、男に　そんなことが　わかるわけがありません。

男は、こわくてこわくて、がくがくぶるぶる　ふるえながら、村へ　にげ帰りました。

男から、このはなしを聞いた村長は、すぐにビホラレのことを思い出しました。

「この男が森で見たのは、十七年前に、シャターニにさらわれた　ビホラレじゃろう。

シャターニに育てられるうちに、どうぶつのことばや、手を　のばしたり　ちぢめたりする　やりかたを

ならったにちがいない。

だが、ビホラレは、人間にわるさをするわけではない。

そのまま森に　いさせてやれ」

しかし、村のわかものたちは、十七年前に森にいった男たちが、どれほど　こわい目にあったかを　知らないので、村長のいうことをききません。

「いや、ビホラレを生けどりにして、いろいろ聞き出せば、人間が、シャターニにかてるようになる」

「そうだ、そうだ。シャターニに育てられたビホラレをひっとらえよう」

わかものたちの　いきおいにまけた村長は、とうとう森へ　ビホラレを　つかまえにいくことを　ゆるしてしまいました。

## 生けどりにされたビホラレ

つぎの日、男たちは、森に入ると、すみずみまでさがし歩きました。

どうぶつたちは、とつぜん　やってきた人間たちにおどろいて、にげるまもなく、みんな　ころされてしまいました。

SWARINDA

さいごに　木の上にいたビホラレを見つけると、男たちは　やさしいことばを　かけました。

でも、あんしんしたビホラレが　木からおりたとたんなわでしばり、ぼうに　ぶらさげたのです。

ビホラレは、小さいころから、自分によくにた人間を見かけるたびに、友だちになりたいと思っていました。

それなのに、ビホラレを見た人間は　みんな、ひめいをあげて　にげていくので、いつも　さびしく思っていたのです。

そして、はじめて近よってきた人間たちに、だまされ、しばられ、ぼうに　ぶらさげられたので、かなしくてかなしくて、なみだをながして　なきました。

村につくと、男たちは、ビホラレを、村長の家の空きべやに　とじこめ、なわを　きつくしめなおしました。

ビホラレは、人間のことばで、

「おねがい、ころさないで」

と、いいました。

男たちは、にやにやしながら、こういいました。

「ころすものか、おまえをころしちまったら、シャターニの手口が、わからなくなっちまうからな」

男たちは、シャターニに
育てられたビホラレを
一目見ようと　あつまってきた
女たちを　おいかえすと、
それぞれの家に帰りました。

つぎの日、男たちが、
ビホラレのへやにいってみると、
ビホラレは　どこにもおらず、
ちのついた　かみの毛だけが　のこっていました。

村長は、それを見ると、こういいました。

「かわいそうに。ビホラレは、とうとう　シャターニに食われてしまったんじゃ。

シャターニは、自分のひみつを　ばらすものを生かしておかない。たとえ、かわいがって育てた子であってもな。

しかし、まあ、どちらにしても、ビホラレは、早かれおそかれ、シャターニに食われる　うんめいだったのじゃろうよ」

ペンバ島には、いまでも、ビホラレがとじこめられた

へやが　のこっています。
でも、村人たちは、
「シャターニのへや」とよんで、
けっして入ろうとしないのです。

今日のはなしは、
これで　おしまい。
ほしけりゃ　もってきな。
いらなきゃ　海にすてとくれ。

## こわいはなし　解説

島岡由美子

アフリカのむかしばなしといっても、アフリカ大陸はとても広くて、五十以上の国があります。この本で紹介しているのは、タンザニアのおはなしです。

### ◉どろから生まれた　どろんこむすめ◉

タンザニア本土の南東部にあるナカパニャ村のおはなしで、語りは、さし絵を描いてくれたチャリンダさん。小さいころ、おじいさんに話してもらったなかで、これが一番こわかったそうです。

日本は少子化が問題になって久しいですが、タンザニアはいまでも子だくさん。いまだに、女は子どもをたくさん産むのがあたり前、という風潮があるなかで生きる、子どもが産めない女性のあせりと悲しみは、より深いものがあるように思えてなりません。

そんな中で、この村には、「子どもは天からの授かりもの、子どもが生まれても生まれなくても感謝」ということを伝えるおはなしがあったことを知って、うれしくなりました。一番こわいおはなしが、実は、女性に一番やさしいおはなしだったのです。

### ◉歌うシャターニ◉

シモンジャは、親の言いつけを聞かないおてんば娘として、タンザニアのおはなしによく登場するキャラクター。シモンジャが、歌うシャターニにさらわれ、父さんが助けに入った森の中は、まさに妖怪だらけでした。いろいろなタイプのシャターニがいるというのも、日本の妖怪の世界観と共通するように思います。

チャリンダさんによる、「歌うシャターニ」の絵は、人間の首が木に生っていて、一見グロテスクですが、よく見ると、ゆかいそうに歌っていて、そのことになんだかほっとします。どんな境遇であっても、それなりに明るくやっていくのが、タンザニア人気質。それを表しているような気がします。

## ◉シャターニに育てられたむすめ◉

これは、ザンジバルのペンバ島という、まだ手つかずの深い森が多い島で語りつがれているシャターニ伝説で、語り部が三日かけて聞かせてくれました。

主人公ビホラレの十七年という短い人生には、不幸な結末しか残されていませんでした。なにもしていないのにさらわれ、殺されてしまうのですから、まさに悲劇としかいいようがありません。シャターニはどんなに人間と近くなっても、あくまでシャターニで、しょせんは別世界のものという境界線があるようです。

むかしばなしの原話にはこのはなしのように、なにも悪くなくても悲劇のまま終わるヒロインがよく登場します。勧善懲悪のおはなしに慣れている方がたには、もやもやする感じが残るかもしれませんね。

《編・再話》
しまおかゆみこ（島岡由美子）
名古屋生まれ。1987年より夫島岡強と共にアフリカに渡り、タンザニアのザンジバルで、人々の自立につながる事業や、スポーツや文化の交流活動を続けている。アフリカ各地に伝わる民話の聞き取り、再話がライフワーク。主な著書に『アフリカから、あなたに伝えたいこと』『どうぶつたちのじどうしゃレース』『アフリカに咲く 熱帯の花、笑顔の花――ワイルドフラワー120』（以上、かもがわ出版）など。

《絵》
チャリンダ（Mohamed Charinda）
1947年生まれ。タンザニアのトゥンドゥール地方、ナカパニャ村出身。1974年から、ティンガティンガひとすじに生きたアーティスト。絵本『しんぞうとひげ』（ポプラ社）、『アフリカの民話』（バラカ）、『アフリカの民話集　しあわせのなる木』（未來社）で挿絵を担当。2021年逝去。

＊地図作成＊川口圭希（バラカ）
＊協力＊上田律子（ひまわりおはなし会代表）／矢田真由美／下里美香
＊ブックデザイン＊土屋みづほ　＊編集＊天野みか

ティンガティンガ・アートでたのしむアフリカのむかしばなし
2　こわいはなし　シャターニに育（そだ）てられたむすめ
2025年2月14日　初版第1刷発行

編・再話　しまおかゆみこ／絵　チャリンダ
発 行 者　田村太郎
発 行 所　株式会社 かもがわ出版
〒602-8119　京都市上京区堀川通出水西入
TEL 075-432-2868　FAX 075-432-2869
振替　01010-5-12436 ／ https://www.kamogawa.co.jp
印 刷 所　シナノ書籍印刷株式会社
ISBN978-4-7803-1355-0　C8098　NDC388・994　Printed in Japan　［堅牢製本］